W9-AWI-947

Este libro pertenece a:
This book belongs to:

La Gallina Feliz

Happy Hen

BRIMAX

Es de mañana en la Granja con el Granero Amarillo.

El gallo canta, las vacas dicen muuu, los cerdos dicen oink, y las ovejas dicen bee. ¡Hacen mucho ruido!

"¡Shhh!," dice la Gallina Feliz. "¡Mis huevitos están durmiendo!" Luego se sienta y les canta una canción a los huevitos.

It is morning on Yellow Barn Farm.

The rooster crows, the cows moo, the pigs oink, and the lambs baa. It is very noisy!

"Sshhhh!" says Happy Hen. "My eggs are sleeping." Then she sits down and sings a song to her eggs.

Esa noche, la Gallina Feliz les susurró a los huevitos.

“La Granja del Granero Amarillo es un lugar genial. Pronto ustedes saldrán del cascarón y se van a dar cuenta por ustedes mismos.”

La Gallina Feliz les canta una canción de cuna a sus huevitos antes de que ella se quede dormida también.

That night, Happy Hen whispers to her eggs.

“Yellow Barn Farm is a wonderful place. Soon you will hatch. Then you will be able to see for yourselves.”

And then Happy Hen sings a lullaby to her sleepy eggs before she falls asleep, too.

A la mañana siguiente los huevitos salen del cascaron.

¡Pio, Pio, Pio!. Diez picos rompen la cáscara de los huevitos.

¡Crack, Crack, Crack! Salen diez pollitos.

“Bienvenidos a la Granja del Granero Amarillo,” La Sra. vaca viene a ver a los pollitos.

The next morning it is time for the eggs to hatch.

Peck! Peck! Peck! Ten little beaks break open the shells.

Squeak! Squeak! Squeak! Ten little chicks tumble out.

“Welcome to Yellow Barn Farm,” moos Mrs. Cow, who has come to see the chicks.

Pronto los pollitos aletean y corren por toda la granja.

“¡Crack, Crack, Crack!,” todos ellos pían de felicidad.

“¡Oink, Oink, Oink!,” dice el cerdito feliz a los pollitos.

Soon the little chicks are scampering and flapping all over the farmyard.

“Squeak! Squeak! Squeak!” they all chirp happily.

“Oink! Oink! Oink!” says a happy piglet to the chicks.

Los pollitos siguen a la madre a todos los lugares y la imitan en todo lo que ella hace.

Ella se ríe… y los diez pollitos también se ríen.

La Gallina Feliz baila… y los diez pollitos también bailan pero tres se caen.

La Gallina Feliz también les cantan y los diez pollitos también cantan.

The chicks follow their mother everywhere, and copy everything she does.

Happy Hen laughs… so do ten little chicks.

Happy Hen dances… so do ten little chicks – but three fall over!

And when Happy Hen sings, ten little chicks sing, too.

Ahora todas las mañana los animales de la granja cantan canciones.

El gallo canta, la Sra. vaca dice muuu, los cerditos dicen oink y la oveja Lucy dice bee.

La Gallina Feliz gorjea y pía con sus diez pollitos.

And now, every morning, all the farm animals sing songs.

The rooster crows, Mrs. Cow moos, the little piglets oink, and Lucy Lamb baas.

And Happy Hen clucks and chirps with her ten little chicks.

Todas las noches, todos los animales cantan canciones de cuna.

Los ratones chillan, los búhos dicen uhu, y los gatos dicen miau.

La Gallina Feliz y sus diez pollitos cacarean.

And every night, all the animals sing lullabies.

The mice squeak, the owls hoot, and the cats meow.

And Happy Hen tweets and twitters with her ten little chicks.

En la Granja con el Granero Amarillo nunca había habido tanto ruido, pero ahora está lleno de canciones de cuna.

El granjero Jones mira alrededor de su granja y sonríe.

¡Qué felicidad hay en la Granja con el Granero Amarillo!

Yellow Barn Farm is even noisier than ever, but now it is full of songs and lullabies.

Farmer Jones looks around at his farm and smiles to himself.

What a happy Yellow Barn Farm this is!

Aquí hay unas palabras de la historia. ¿Las puedes leer?

la granja
las ovejas
los pollitos
el granjero

los cuervos
la gallina
la granja
los huevitos

los cerdos
el búho
el ratón
los gatos

Here are some words in the story. Can you read them?

farm
lambs
chicks
farmer

cows
hen
farmyard
eggs

pigs
owls
mice
cats

¿Cuánto de la historia recuerdas?

¿Qué es lo que hace el espantapájaros?

¿Qué hacen los pollitos al principio del cuento?

¿Qué canta la Gallina Feliz a sus pollitos antes de acortarse?

¿Qué sale de los huevitos?

¿Hay ruido en la granja?

¿Quién mira alrededor de la granja y sonríe?

How much of the story can you remember?

What does the rooster do in the morning on Yellow Barn Farm?

What are the eggs doing at the beginning of the story?

What does Happy Hen sing to her eggs before she falls asleep?

What tumbles out of the eggs?

Is Yellow Barn Farm noisy?

Who looks around the farm and smiles?

Lee conmigo las palabras y las fotos

La Gallina Feliz vive en una . Todas las

mañanas el cacarea, las dicen muu,

los dicen oink y las dicen bee.

La Gallina Feliz tiene diez .

Pronto los huevitos se convertirán en  .

Los aletean en la . En la noche hay

mucho ruido en la . Los dicen hi,

los dicen uhu y los dicen miau.

Read with me in words and pictures

Happy Hen lives in a .

Every morning the crows, the moo,

the oink and the baa!

Happy Hen has ten .

Soon the eggs hatch into .

The flap all over the .

At night the is very noisy. The squeak,

the hoot and the meow!

Nota para los padres

Las historias de la ***Granja con el Granero Amarillo*** les va a ayudar a ampliar el vocabulario y la comprensión lectora de sus niños. Las palabras claves están en listas en cada libro y se repiten varias veces - señalen a las correspondientes ilustraciones a medida que ustedes lean. Las siguientes ideas ayudaran al niño a ampliar su conocimiento sobre lo que ha leído y aprender sobre la granja, también hará la experiencia de leer más divertida.

• Hable sobre los diferentes ruidos y sonidos que usted puede escuchar en la Granja con el Granero Amarillo en la mañana. Haga los diferentes sonidos de los animales que están ilustrados y pídale a su hijo que señale a los animales en las ilustraciones que tiene el cuento.

• Hable sobre los sonidos de la Granja con el Granero Amarillo que hay en la noche. ¿Puede escuchar a búhos haciendo uhu o a gatos haciendo miau cerca de su casa por la noche? Si es posible, relacione los animales y objetos vistos en La Granja con el Granero Amarillo con animales y objetos reales de la vida diaria de su hijo. Señálelos en el libro y demuéstrele la diferencia entre los sonidos reales y sonidos del libro, ¡esto hará que el libro sea más real para ellos!

Notes for Parents

The ***Yellow Barn Farm*** stories will help to expand your child's vocabulary and reading skills. Key words are listed in each of the books and are repeated several times - point them out along with the corresponding illustrations as you read the story. The following ideas for discussion will expand on the things your child has read and learnt about on the farm, and will make the experience of reading more pleasurable.

• Talk about the many different noises and sounds that you can hear on Yellow Barn Farm in the morning. Make the different animal sounds and ask your child to point to the animal that they think makes the sound in the illustrations.

• Talk about all the sounds on Yellow Barn Farm at night. Can you hear any owls hooting or cats meowing near your home at night? If possible relate the animals and objects seen in Yellow Barn Farm to real animals and objects in your child's daily life. Point them out to your child so they can bridge the gap between books and reality, which will help to make books all the more real!